Wolfgang Cordan

Tage mit Antonio

Mit Zeichnungen von
Heinz Balthes

Broschur 58
Verlag Eremiten-Presse

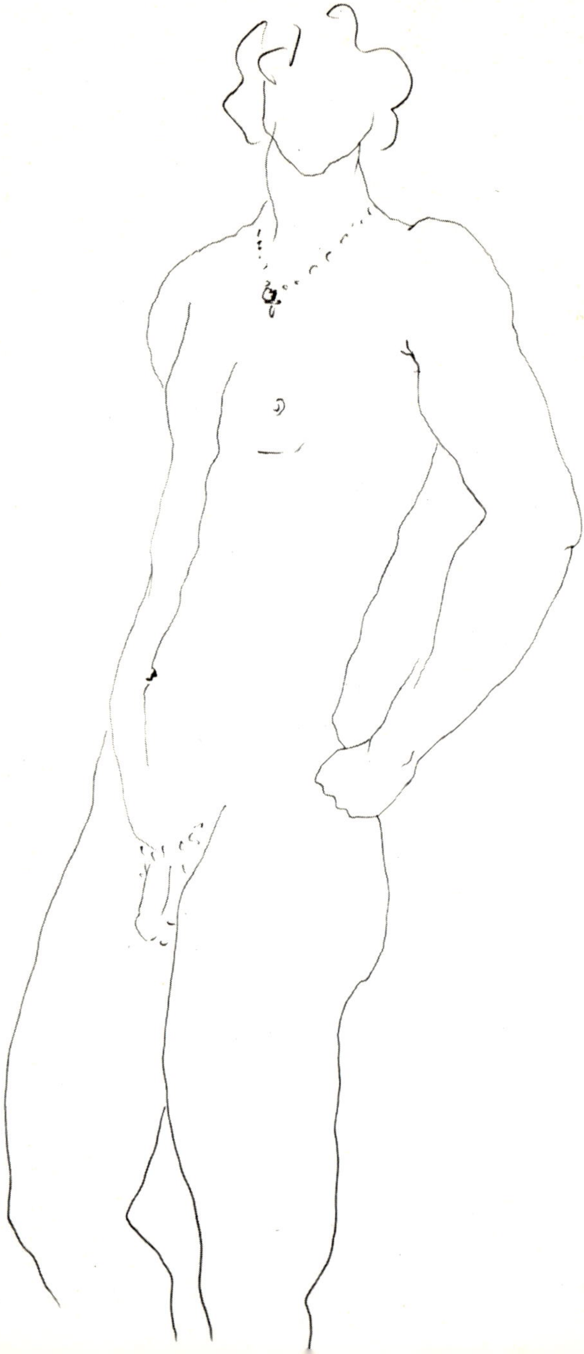

Antonio ist hinaus aufs Meer gefahren. Gegen Abend schlief der Wind ein, seltsam, wie bald die See sich sänftigte, nachdem sie drei Tage lang mit jähen wilden Wellen unsere Küste belagert hatte. Als die Dämmerung fiel, gab es nur noch die weitgeschwungenen Schaumbänder; von unseren Felsen bis zu dem Südkap mit der Grotte des Tiberius rollten sie dahin. In den Pausen, wenn die See Atem holte, rasselten die Kiesel. Es war wie ein Donner unterm Meer.
Ich ängstigte mich. Warum? Warum?

Antonio ging. Ich sah ihm nach. Dann trat ich ans Fenster. Aber es war schon zu dunkel. Ich konnte ihn nicht mehr erkennen. Nur das Schurren der Boote hörte ich, Schläge von Holz gegen Holz, und die Stimmen der Fischer. Einmal hörte ich seine Stimme. Er war zornig und schalt einen anderen. Ich verstand ein Wort. „Stüpid", sagte er im Dialekt. Das gehört zu „stupido asino". Einen dummen Esel hat er also den anderen genannt.

Jetzt treibt er draußen auf der besänftigten See. Einer der vielen Sterne. Es ist nämlich Neumond heute, Nacht der erfolgreichen Fischzüge, und so gibt es nur Sterne. Sterne am Himmel, Sterne im Meer, keine Kimme ist da, die Welt ward eins.

Die Sterne im Meer, auf dem Meer, sind die Lichter am Bug der Boote. Mit ihnen lockt man die Fische in solchen Nächten. Andere fängt man am Tage;

schöne silberne mit schönen Namen durch den Feuertrug, Antonio hat mich das alles gelehrt. Das und vieles. Alles.

Jetzt ist er einer der Sterne in der Himmelsmeeresnacht ohne Grenzen. Welcher Stern?

Seit ich versuchte, ihn in der Dämmerung zu erkennen, sitze ich am Fenster. Abwechselnd schreibe ich, sehe ich hinaus. Ich habe mich entschlossen, zu schreiben, bis er zurückkehrt. Das wird im Morgengrauen sein. Mit einem Lachen wird er eintreten. Nach dem Meer wird er duften, der Geruch von Tang und Fisch wird um ihn sein. Er wird mich groß ansehen und die Kerze ausblasen, die er mir schenkte. Es ist eine Kirchenkerze, eine goldgelbe, schwere Kerze mit zwei blutroten Ringen an ihrem Ende und einem aufgeklebten bunten Heiligenbild. Der Heilige ist schon halb verkohlt, ein wahrer Märtyrer. Ich mochte ihn nicht abstreifen, es hätte Antonio verletzt. Und so rauchte er, mit dem Rauch des Dochtes, wenn ich Antonios Antlitz im Schlaf betrachtete. Heute nacht wird er wohl ganz verbrennen. Er qualmt gewaltig, aber ich entferne ihn nicht, denn Antonio ist nahe. Schreibe ich nicht von ihm? Gedenke ich nicht seiner, der mein Leben veränderte? Wohin verliere ich mich schon jetzt? Wie soll ich diese Nacht bestehen? Wie bis zum Morgen bestehen?

Die Kerze war Antonios erstes Geschenk an mich. Wir haben ja hier, fern der Welt der bequemen Erfindungen, keine Elektrizität. Auch hat unsere Kammer kein Glasfenster. Wo ich sitze, ist ein Rechteck in der Mauer. Weiß gekalkt wie die Kammer und jetzt im Licht der Kerze schimmernd. Es regnet ja hier nur selten, Schnee fällt nie. Nur im August werden wir gegen die Fliegen eines der rötlichen Netze davorspannen müssen.

Aus dieser weiß-schimmernden Öffnung sehe ich auf den Strand, zum blauen Himmel, auf die Schaumbänder, sehe ich jetzt zu den Sternen, die in dieser Nacht langsam wandern werden, zu den tieferen Sternen auf dem Meer, die sich rascher bewegen, zu Konstellationen sich fügen, auseinander streben, neue Figuren bilden. Welcher Stern heißt Antonio?

Ich kenne jede seiner Bewegungen. Ich weiß, wie er das Boot treibt. Ich versuche zu erraten, welcher der leuchtenden Punkte *er* sein könne. Aber sie sind, bei der Gunst des Meeres, zu ferne. Auf die hohe See sind sie gefahren, zu den reichen Fischgründen, dorthin, wo sich der Himmel und unser druntener Bezirk vermischen. Ich kann nicht mehr unterscheiden.

Die Alten glaubten, daß besondere Menschen, und das waren auch immer Schöne unseres Geschlechtes, zu Sternen werden könnten. Wie, wenn jenes Licht, von dem ich denke, es könne Antonio sein, nie wiederkehrte? Wenn es, über die Kimme, die heute abend keine Grenze mehr ist, gleich in die Höhe führe?

Einer auf dieser Welt würde, später, glücklich sein und allnächtlich seine Augen erheben, zu einem Stern, der sich mit Flimmern und Zucken verriete. Vorher aber würde einer, in Verzweiflung, von diesem strohgeflochtenen Stuhl stürzen, bei dem Fenster ohne Fenster, auf die grauen Fliesen würde er schlagen und schreien wie ein Tier. Ich muß von Antonio sprechen, darum sitze ich hier bei seiner Kerze. Forza! Forza! – nimm dich zusammen, würde er sagen, wenn er mich jetzt sähe. Ich will mich zusammennehmen.

Es ist umständlich, an diesen Ort zu gelangen. Er ist noch unentdeckt, aber eben darum fand ich ihn. Ich hatte mir eine große Karte von Italien gekauft; nach dem Abendessen, wenn unsere kleine Beatrix im Bett war, breitete ich sie über den Tisch und fuhr mit den Fingern an der Küste entlang. Nie sind mir holländische Winternächte so rasch vergangen. Ja, Nächte waren es. Meine Frau mußte mich ins Bett schicken, sonst wäre ich bis zum Morgen so gesessen, ohne es zu merken. Sie saß mir stets gegenüber, mit ihrer Strickarbeit, ab und zu blickte sie auf und frug dies und jenes. Später verstummte sie. Und manchmal merkte ich an einem schnellen, harten Klappern der Stricknadeln, daß sie böse war und mich gleich aufscheuchen würde.

Natürlich hatte sie recht: um sieben Uhr mußte ich aufstehen, mich rasieren, ordentlich kleiden, dreizehn vor acht die Tram 24 nehmen, mich durch den amsterdamer Regen zur Herengracht rütteln lassen, meinen Platz an dem blankpolierten Tisch im Kontor einnehmen und Additionen machen. Unvorstellbar, daß ich mein Leben bisher damit verbrachte, daß ich Gallonen zusammenzählte, die die Koninklyk Nederlandse Petroleum-Mij verkaufte. Aber so verspielt man die kurze Zeit unseres Erdendaseins, wenn man es nicht anders weiß. Damals wußte ich es noch nicht anders. Und Corrie hatte recht, mich zu ermahnen – ich durfte mich ja am nächsten Tage nicht verzählen.

Gleichwohl trieb sie nicht nur Besorgtheit. Es war auch Eifersucht dabei. Frauen haben einen unfehlbaren Instinkt. Sie witterte eine Gefahr. Sie drängte sich an mich, später, wenn das Licht gelöscht war.

Schon damals verriet ich sie in der Umarmung, freilich ohne es selbst zu wissen. Ich umschlag eine Sehnsucht, die noch keine Gestalt hatte und noch keinen Namen.

Antonio legt keinen Wert darauf, daß ich mich pflege. Manchmal vergesse ich, mich zu rasieren. Neulich abend dachte ich daran. Aber als ich das Wasser in die Schüssel goß und nach dem Pinsel griff, trat er dazwischen.

„Warum?" lächelte er. „So habe ich das auch ganz gerne." Und dabei strich er mir über das Kinn mit meinen blonden Stoppeln, beinahe rötlich sind sie, und ich mag sie gar nicht. Er aber sagte, es gefiele ihm.

Diese zwei Worte nur: „Mi piace" – sagen die Kluft zwischen Amsterdam und Sperlonga. Ich überlege mir, wie das zu übersetzen wäre. Es geht nicht. „Dat mag ik graag", müßte es wohl lauten, aber das ist etwas völlig Verschiedenes. Mir schaudert vor der Plumpheit. Daß Antonio meine Plumpheit erträgt, ist eines der Wunder dieses Sommers.

An den Winterabenden habe ich ihn vorbereitet. Mit dem Finger fuhr ich auf der Karte an der Küste entlang, südwärts Roms reiste ich in Gedanken, denn ich war entschlossen, diesmal das Herz Italiens zu berühren. Es hat *mein* Herz ergriffen und hält es fest in zwei straffen jungen Händen.

Die Hände streifen spielerisch mein Stoppelkinn,

und es gefällt ihnen. Auch meiner Kleidung brauche ich nicht zu achten. In Wahrheit bin ich verlottert. Was Krawatte! Was Bügelfalte! Ich trage eine Khakihose und ein blaues Trikot. Beide sind nicht mehr ganz sauber. Auch habe ich gelernt, auf Zoccoli zu laufen, jenen Holzsohlen, die ein breites Lederband an den Zehen hält. Es gab hier ein Paar, wo der Streifen nilgrün war. Die habe ich im Übermut gekauft. Auch Antonio schaffte sich neue an. Das Leder war braun wie sein Leib. Es gibt keine Stelle an ihm, die nicht braun, maronenbraun wäre. Das weiß ich doch. Wahrhaftig, ich weiß es.

Was aber habe ich in Amsterdam gewußt? Nur dies eine, daß ich Italien endlich erfahren wollte, das wirkliche Italien, nicht jene halb schweizerischen Alpenseen, wo nur der erste Hauch des Südens spürbar ist und wo es so entsetztlich regnet.

Letztes Jahr hatten wir in vierzehn Tagen zweimal die ganze Sonne. Wir hockten in Como in unserem Zimmer, es troff von den Palmen und Corrie strickte. Einzig Beatrix war zufrieden, auf dem Teppich schob sie das buntfarbene Spielzeug hin und her, das ich ihr schleunigst besorgt hatte. Was begriff sie vom Wetter! Es war wie zuhause.

Ja, es war wie zuhause, da in Como. Und ich glaube, daß mir damals der Einfall kam, einmal alleine und in den wirklichen Süden auszubrechen.

Einen langen Winter habe ich mich vorbereitet. In der Berlitz-School nahm ich zweimal wöchentlich Konversationsstunde. Und abends studierte ich die Karte. So habe ich, in Amsterdam, Sperlonga gefunden.

Buchten nämlich suchte ich und kleine Häfen. Dann sah ich im Reiseführer nach. Nur einen Ort gab es, über den nichts darin stand, er hieß Sperlonga. Dort es

zu versuchen, beschloß ich drum.

Es ist umständlich, hierher zu gelangen. Man muß in Rom einen Bummelzug nehmen, der in dem Flecken Fondi hält. Das Städtchen selbst liegt ein paar Kilometer von der Station ab. Es hat Türme, Mauern und alte Kirchen, weil einmal ein Herzogsgeschlecht im Mittelalter hier residierte. Die Amerikaner haben das im letzten Krieg ziemlich zusammengeschossen, seither ist es, mit amerikanischem Geld, wieder geflickt, doch wird es früher hübscher gewesen sein. Ich kenne es, weil ich am Samstag mit Antonio dort ins Kino gehe.

Liegt es an der erlauchten Vergangenheit des Platzes, daß es meist historische Filme sind, mit klirrenden Rittern hoch zu Pferde, die wunderschöne Mädchen rauben?

Antonio findet es herrlich. „Che storia!“ sagt er nachher im Autobus, der uns Sperlonga zurückführt, „was für eine Geschichte!“ Schon fange ich an, mit seinen Augen zu sehen, und ich bin tief befriedigt, wenn am Ende der feurige Held die Grafentochter in die Halle seines väterlichen Schlosses geleitet.

Die Schönheit der Landschaft bemerkt Antonio, wie alle Kinder des Südens, nicht. Er lebt in ihr. *Mein* Herz schlug ungestüm, als ich vor vier Wochen aus dem Bahnhof von Fondi trat. Die Mittagssonne flimmerte über dem gelben Sand des Vorplatzes. Gegenüber gibt es ein paar Häuser, eines von denen ist eine Trattoria. Dort setzte ich mich und trank langsam den roten Landwein, der hier kräftig ist und nach Erde schmeckt. Der Autobus ging erst in einer Stunde.

Ich trank den Wein und sah ins Land hinein. Orangenhaine, Oliven, Feigenbäume, Mais dazwischen und Weinfelder. Bauern trieben ihre Ochsengespanne vorbei, schwere weiße Tiere mit riesigem, kühn geschwungenem Gehörn. Die Männer trugen jene Sandalen, deren schmale schwarze Lederriemen über der Hose aus ungebleichtem Leinen bis zum Knie kreuzweise geknüpft werden. Nicht anders trugen sich vor zweitausend Jahren die Bauern von Latium. Auch wird die Landschaft seit damals kaum ihr Wesen geändert haben. Wenn ich den Bahnhof und die Gleise wegdachte, konnte ich meinen, in jene Zeit zurückgereist zu sein. Ich war dort, wohin ich gewollt hatte: tief im Mittelmeerischen, an einer Stelle der Welt, die unverwüstlich ist und unerschütterlich, mit Pflanze und Tier sich selbst dahinträumt, der Zeit spottend, fremde Völker zu sich hin verwandelnd. Germanen, Sarazenen, Normannen – mittelmeerisch wurden sie alle, ihre Bräuche gaben sie auf für ältere Bräuche, jene Sandalen streiften sie über die Füße und schlangen die schwarzen Lederriemen bis zum Knie. Auch steckten sie das breite, sichelartige Messer in den Gurt, das schon die Etrusker gebrauchten.

Die an dem Mittag die Ochsen an der Trattoria vorbeitrieben, waren keine Normannen oder Sarazenen, es waren latinische Bauern. Sie trugen das Etruskermesser im Gürtel. Mit Freude sah ich es. Trunken sah ich in die Landschaft, über der die Luft flimmerte. Achtlos trank ich, und als der Autobus kam, spürte ich den Wein. Schon zeichneten sich die Linien meines Schicksalmusters ab.

Das Gefährt war von Frauen überfüllt. Verschnürte Bündel hatten sie in die zerrissenen Gepäcknetze gepfropft, zwischen den Sitzen standen Kartons, in denen Küken angstvoll piepsten, von den Knien sprangen bei jedem Loch der Straße die buntgeknüpften Bündel auf, prall auch sie von nützlichen Käufen. Es war wohl Markttag in Fondi, und die Frauen von Sperlonga kehrten heim. Schwarz gekleidet alle, mit schwarzen Kopftüchern und schweigsam. Stumm hatten sie mir einen Sitz frei gemacht in der fürchterlichen Enge. Eingeklemmt saß ich, der Motor knatterte und ruckte, es war sehr heiß. Vom Land sah ich nichts mehr, denn der Weg war von Bambushecken eingerahmt, und hinter uns verhüllte eine Wolke dicken, gelben Staubes alles.

Zweimal hielten wir vor Gehöften. Einige der stummen, schwarzen Frauen stiegen aus. Dann war auf einmal das Meer da, blauer noch als jenes, an dem ich gestern entlang gefahren. Ganz gelb war der Strand, mit Dünen ab und zu, mit Pinien darauf, und in den Mulden Bambusgehölze, die in der Brise schwankten.

Als wir bei ein paar Lehmhütten stoppten, wo die Netze über den Stangen trockneten und auch die grünen, die roten und gelben Boote auf den Holzrollen ruhten, hatte ich einen Augenblick des Schreckens. Hier kann man nicht bleiben, schoß es mir durch den Sinn. Wahrhaftig, das habe ich gedacht. Dann wendete ich mich um. Und ich sah Sperlonga.

Es war über mir. Und es kam über mich. Sogleich. Das sind die großen Stürme der Seele.

Aus den Gebirgen, die das Meer bis hinunter nach Reggio Calabria begleiten, stößt hier ein Kap, ein brauner Dorn in die Flut. Am äußersten Ende steht ein gelber Turm, jede Zinne zeichnet sich in den wolkenlosen Himmel. Drunten nagt die See an den Klippen, ab und an stäubt der Schaum hoch ins Blau. Auf dem Rücken des Felsendorns liegt Sperlonga.

Im Städtischen Museum zu Amsterdam habe ich Bilder moderner Maler gesehen. Weiße Würfel drängen sich da aneinander, Mauer an Mauer, – oder sollte man sagen: Leib an Leib? – zuckendweiß mit den schwarzen Löchern der Türen und Fenster. Sie müssen Sperlonga geträumt haben. Denn keiner kennt es, dem Himmel sei Dank.

Wenn ich Maler wäre, würde ich es malen. Wenn ich Schriftsteller wäre, könnte ich es beschreiben. So kann ich hier nur hersetzen, was ich im ersten Augenblick dachte. Ich dachte: „Hier bleibe ich.“ Und: „Schöneres kann ich nicht finden.“ Und: „Wie glücklich müssen die Leute hier sein.“

Nun, sie kennen Leid und Freud, gemischt wie alle Sterblichen. Ein wenig glücklicher aber sind sie. Ja, das glaube ich, so sagen zu können.

Viele der schwarzen Frauen stiegen aus. Mir bedeutete der Chauffeur, daß er bis herauf führe. Die Straße schwang um den Felskern, vor einem mächtigen Turm hielt das knatternde Gefährt. Der Turm war ganz von Wohnungen überwuchert, aber man sah, daß er aus alten Zeiten stammte. Auch erkannte man, daß hier ehedem das Stadttor gewesen war. Gleich dahinter lag die Piazza.

Da an einer Ecke die einzige Bar des Ortes ist, was hier nichts anderes als Café bedeutet, und weil ich da meinen Morgenkaffee trinke und abends, wenn ich vom Strand komme, den kühlen Campari, kenne ich seither jede Linie des Platzes. Ich kenne jedes Fenster, jede Tür, ich weiß, wer dahinter wohnt, weiß auch, wenn die Schatten der Stufen am genauesten auf den weißen Wänden stehen. Die Treppen nämlich führen außen an den Häusern empor, sie sind ohne Geländer und immer leuchtend weiß. Von Gemeinde wegen gibt es dafür ein Faktotum, einen alten Mann, der mit Bürste und Kalkeimer herumzieht und dafür sorgt, daß alles schön flirrt und flimmert. Einige Familien tun ein übriges und malen einen himmelblauen Streifen auf die Vertikale, unter den Rand, auf den man den Fuß setzt. Sie müssen das selbst tun, denn zu den Gemeindepflichten gehört das nicht. Es sieht sehr hübsch aus, dieses helle Blau in all dem Weiß.

Die Piazza ist nicht groß. In dieser Felsenburg gibt es keinen Raum zu verschwenden. Vor den Sarazenen hat man sich hier herauf geflüchtet, die jahrhundertelang die Küste belagerten. Von Sizilien kamen sie herüber und Malta, später, als sie dort vertrieben waren, aus Tunis. Einer, der berüchtigte Seeräuber, den man nach seinem Bart Barbarossa nannte, landete eben hier, auf dem gelben Sand von Sperlonga, um die schöne Herzogin von Fondi zu rauben. Jene aber war beizeiten geflohen, auf einem weißen Zelter wie in den Filmen, die ich mit Antonio sehe.

Dieser Fels war ein Fluchthügel. Bei dem Turm, wo der Autobus seine Fahrt endet, gab es ein dickes Eichentor mit Eisenbeschlag; von Sonnenaufgang bis Sonnenaufgang blieb es geschlossen. Die Gassen mußte ein Mann verteidigen können – so legt man ohne Mühe die Handflächen an die Mauer links, die Mauer rechts. Auch das Gewirr der Stiegen und Stege ist wohl absichtlich, die Durchgänge, Tunnels, Sottopassaggi, die Schwibbogen, Laufgänge, Balkons in der Höhe, von denen man in weitläufige Korridore gerät, in Gassen über den Gassen, zu Höfen hinter Höfen, auf Dächer und unvermutet in Zimmer, wo ganze Sippen den Mittag verdämmern: die Männer hingeworfen auf die Eisenbetten, auf den roten Fliesen die junge Brut, Mädchen und Knaben, Kopf an Kopf, Schulter an Schulter, atmend im Schlaf, innerlich reifend zur Fruchtbarkeit. Fruchtbarkeit Italiens.

Die all dies aus ihren Schößen entlassen, Jahr um Jahr, die Mütter, sie hocken stumm und schwarz in den Ecken, Körbe flechtend, Nüsse entkernend. Das ist Sperlonga; Zeugehöhle an Zeugehöhle.

Auf der weißen Piazza sahen mich die Schattengänge an, in jener ersten Stunde. Knaben waren um mich herum und zerrten an meinem Schiffsack. Aber wohin? In welche der Schluchten?

Ich frug den Chauffeur. Nein, ein Albergo gab es hier nicht. Doch sollte ich in der Trattoria vorsprechen, in der Gasse da – er wies auf einen Schattengang – vielleicht wüßte man dort ein Bett. Er sagte Bett und nicht Zimmer, der Chauffeur. Und er sah mich ein wenig erstaunt an.

Die Knaben schleppten meinen Segeltuchbeutel davon, in die Gasse gradzu. Über einem blauumrandeten Zugang hing schief ein verwittertes Holzschild. „Tratoria Trani" stand in weißen Lettern darauf, mit einem t. Durch die klirrenden Glasperlenketten, die hier die Türen ersetzen, trat ich ein. Erst konnte ich fast nichts unterscheiden, denn es gab beinahe kein Licht, nur an einer Wand, unter der Decke, war ein vergittertes Fenster, eine Luke eher, das Glas hinter den Eisenstäben war wohl nie gereinigt, so herrschte Dämmerung. Ich unterschied vier ungestrichene Holztische. Die Knaben redeten auf einen älteren Mann ein, der eine Schirmmütze in die Stirn gezogen hatte.

„Buon giorno", sagte ich und ließ mich auf einen gebrechlichen Stuhl nieder.

Der Mann brummte etwas. Ich entlohnte die Knaben. Dann frug ich den Mann, der mir der Wirt zu sein schien, ob er ein Zimmer habe.

„Was trinken Sie", antwortete er unfreundlich.

„Vino", sagte ich. „Ein Glas."

„Roten?" „Nein, weißen."

„Cornelia!" rief der Mann mit seiner heiseren Stimme. In diesem Augenblick dachte ich an Corrie. Die war jetzt auf der Insel Texel, und Beatrix würde Nordseemuscheln auf dem Strand suchen. Aber wahrscheinlich regnete es da. Und sie würden in der Pension sitzen, wie voriges Jahr in Como. Ich aber war im Herzen Italiens, mitten im Abenteuer, wie ich jähe begriff, mitten im Abenteuer; und Texel war mir auf einmal unendlich fern.

Von der Wirtsstube führten ein paar Stufen zu einer Art Kellergewölbe. Schwere Fässer ruhten dort auf ihren Schlitten. Ein Schattenwesen glitt da vorbei, in dem Dunkel, das auch das gewöhnte Auge nicht zu teilen vermochte. Das war wohl die gerufene Cornelia.

Als sie mir das Glas brachte, ein großes immerhin, wie man es in Holland nicht anbietet, sah ich, daß sie schön war. Das schwarze Haar lag straff um den kleinen Vogelkopf, lange Wimpern hatte sie, schwarz auch die in dem elfenbeinernen Gesicht – und einen roten schmalen Mund. Sie sah mich nicht an und schien scheu. Sogleich huschte sie in die Kellernacht zurück.

Der gelbe Wein war trübe. Und er schmeckte merkwürdig. Antonio verriet mir später, daß sein Vater ihn mit schmutzigem Wasser verfälschte. Bei klarem Wasser sieht das der Kenner sofort. So aber merkt man es erst nach dem ersten Schluck und muß bezahlen. Die trübe Farbe dagegen sagt noch nichts: manche Landweine sind so, besonders wenn die Fässer zu stark

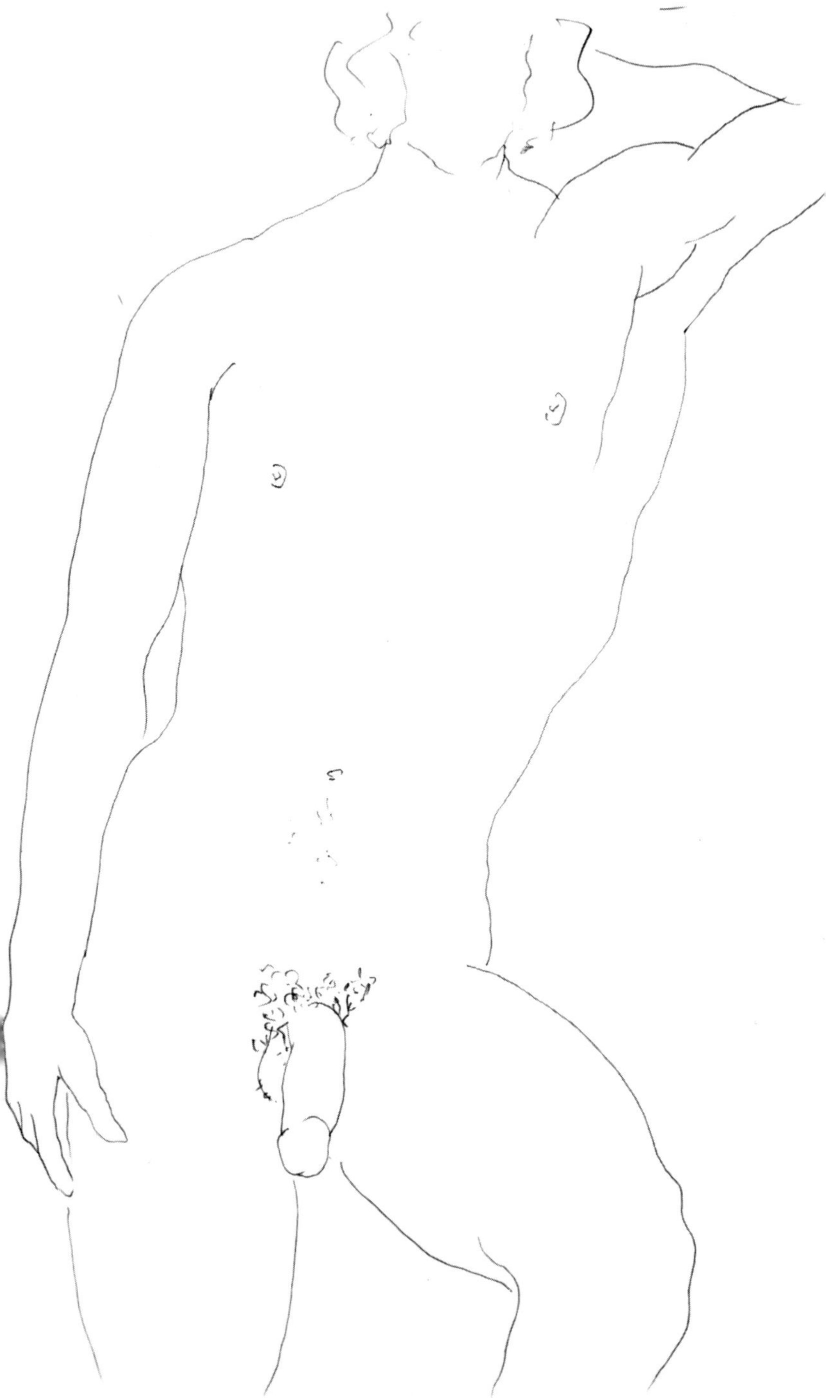

geschwefelt wurden. Ich wußte das damals nicht. Ich dachte nur: der Wein hier ist merkwürdig, und setzte das Glas nieder. Ich frug, was es nun mit dem Zimmer sei.

„Werden Sie bei uns essen?“ frug Signor Trani. Trani sollte ich sagen, er ist kein Signore, kein Herr, er ist ein Schuft und ein sehr schlechter Wirt.

„Gewiß, wo denn sonst?“ antwortete ich.

Trani schob die Schirmmütze zurück und kratzte sich.

„Mit dem Zimmer, das wird schwierig sein“, sagte er. „Ich habe nichts, aber ich könnte es woanders versuchen.“

Ich betrug mich wie ein Laie. Das schreibe ich jetzt, in dieser Nacht, wo ich immer nach den Lichtern draußen sehe, den Stern Antonio suche, dem ich alles verdanke, dem ich verdanke, daß alles, was an Wert in mir ist, und das wird nicht so viel sein, aufflammte wie gewisse Kometen, die dann zum Nichts zerfallen. Auch eine geringe Substanz kann einmal hell aufleuchten. Ich weiß vollkommen sicher, daß ich dies nicht überlebe, daß ich ausbrenne. Vollkommen glücklich bin ich in dieser Einsicht. Eine Feuerschlange im Gedächtnis Antonios zu sein, lohnt ein Leben, das sich mühsam aufbaute. Die Petroleumgesellschaft findet tausend andere für meinen Platz am blankpolierten Tisch in Amsterdam. Ich werde nie einen zweiten Antonio finden. Er wird, das ist das einzige, was ich weiß, nie jemand finden, der ihn so liebt. In seiner Erinnerung will ich stehen. Als der plumpe Holländer, der leichtfüßig neben ihm wurde. Das unbeschreibliche Glück muß einmal enden, in einem Jahr, in zwei Jahren, ich weiß es nicht. Auch darin habe ich keine Erfahrung. Nur: in ihm will ich dauern.

Ich bin berauscht, vorerst noch ohne Wein; weil ich ihn erwarte. Gegen vier wird er heimkommen, nach Salz duftend, nach Tang und Fisch. Ein Duft ist an seiner Haut, der selbst die Fischluft verwandelt. Ich werde meine Lippen auf seine Augenbrauen legen und vor Glück vergehen.

In jener ersten Stunde zu Sperlonga war ich noch weit entfernt von der Entschiedenheit solcher Aussage, wie ich sie hier niederschreibe. Ich hätte das nicht einmal zu denken gewagt. Und die Leichtigkeit in Ton und Geste, dasjenige, was jeder Fischer der südlichen Küsten an natürlichem Charme im kleinen Finger hat – das ganz erworben zu haben, bilde ich mir nicht ein. Etwas davon habe ich begriffen. Habe ich dem Antonio abgelauscht. In jener ersten Stunde mußte ich es spielen. Gewiß schlecht; ich werde gleich davon erzählen.

Zunächst beging ich einen laienhaften Fehler. Ich sagte nämlich zu Trani: „Versuchen Sie es wirklich. Auf den Preis soll es mir nicht ankommen. Ich *will* hierbleiben."

„Der Ort gefällt mir", sagte ich noch.

„Ich bin nämlich Künstler", log ich schließlich.

Der Wirt stand auf und schlurfte davon. Ich war unruhig. Denn, in der Tat, hier wollte ich bleiben. So entschlossen war ich, daß ich erwog, notfalls auf dem Strand zu schlafen. In solchen Augenblicken künden sich die großen Schicksale an. Es ist wie ein Wetterleuchten am Horizont.

So wurde das Warten qualvoll. Den Wein rührte ich nicht mehr an. Ich sah mich um, und da erst entdeckte ich, daß ich nicht allein war. Im tiefsten Schattenwinkel, an einem der vier ungebeizten Tische saß ein Knabe, nein, ein giavanotto, een jonge kerel, ein Bursche. Sein blauweiß gestreiftes Trikot war der Lichtwurf in der Dämmerung. Das Braun wilder Haare über der steilen Stirn. Er hatte mich die ganze Zeit beobachtet, darin täuscht man sich nicht, aber wie ich hinschaute, wandte er den Blick ab. Sein Zeigefinger strich über den Tisch. Ein Glas stand nicht vor ihm. Irgend etwas verriet, daß er hier zuhause war. Der Dämon der Zukunft trieb mich, seinen Blick zu suchen, aber er wich aus. Kein Wort wurde gesprochen.

Nach einer halben Stunde kam der Wirt zurück. Er setzte sich auf seinen alten Platz bei den Stufen zum Weinkeller, schob die Schirmmütze zurück und kratzte sich hinter dem Ohr.

„Es ist eben schwierig", sagte er träge. „Es gäbe vielleicht ein Zimmer –"

„Wo?" fiel ich ihm ungeduldig in die Rede.

„Unter dreißigtausend Lire können Sie es aber nicht bekommen", sagte Trani statt einer Antwort.

Seine Unhöflichkeit ärgerte mich. Und dann rechnete ich mir aus, daß dies ja mehr als zweihundert Gulden bedeutete. Ein horrender Preis, und in diesem abseitigen Flecken eine Unverschämtheit. Ich bin ein ruhiger Mensch, selten rege ich mich auf. Aber jetzt kam eine heiße Welle der Wut über mich. Ich erhob mich brüsk.

„Unnütz, darüber weiter zu reden", sagte ich scharf. Ich sah mich nach meinem Schiffsack um, und da traf ich den Blick des schweigsamen Jungen. Er schaute mich voll an. In dieser Sekunde begann die Wende meines Lebens.

Ich will versuchen, einfach aufzuschreiben, was geschah. Nur *einen* Kommentar muß ich vorausschicken: daß ich nämlich, mitten in Verwirrung, Zorn,

Unschlüssigkeit, getroffen auch, ohne es zu wissen, von dem berühmten Pfeil, daß ich versuchte, jene Leichtigkeit zu spielen, die ich an den Alpenseen erlauscht hatte.

Ich machte einen Schritt auf den anderen Tisch zu.

„Senti, bello", sagte ich, „hör mal, Hübscher. Hier muß doch etwas Vernünftiges zu finden sein. Kannst du mir helfen?"

Er antwortete mir nicht. Statt dessen warf er Trani ein Wort hin, schnell, zwischen den Zähnen und keineswegs freundlich. Der Wirt antwortete ebenso. Eine Wechselrede hob an, die ein Streit war. Sie sprachen rasend schnell, im Dialekt, keine Silbe verstand ich. Vielmehr: Zweimal hörte ich aus der Wortflut „questo straniero", der Fremde, heraus. Das Mädchen mit den schwarzen Flechten erschien auf den Stufen des Schattenkellers und sah von einem zum anderen.

Schließlich schlug der Alte mit der Faust auf den Tisch. Der Junge erhob sich jäh, wie ich mich erhoben hatte. Er zischte ein böses Wort, dann wandte er sich an mich.

„Andiamo", sagte er. „Gehen wir." Zugleich warf er meinen Schiffsack auf die linke Schulter und ging durch die klirrenden Perlenketten davon. Grußlos folgte ich ihm.

Vor mir schritt er dahin. Auf den wenigen Metern, die wir zu gehen hatten, *sah* ich ihn zum ersten Male. Ich sah seine langen Rehbeine. Das Spiel der bronzenen Muskeln bis hinauf zur verblichenen, ehemals himmelblauen Leinenhose. Ich sah, wie er die Füße setzte, wie er über das Kopfsteinpflaster der Gasse von Sperlonga schlenderte, mit klappernden Zoccoli. Ich sah den braunen Lederstreifen über seinen braunen Zehen und des Meeres Salz, das darauf glitzerte. Ich sah, daß er sein Haar lange nicht geschnitten und daß von den Ohren ein dunkler kräftiger Flaum zum breiten Nacken hinabwucherte.

„Ich habe den Wein nicht bezahlt", sagte ich.

Er erwiderte: „Sie haben ja den Dreck nicht getrunken." Danach sah er über seine rechte Schulter zurück und lachte. Dabei zeigte er das, was Dichter eine Perlenkette von Zähnen nennen. Ich aber sah auf seine vollen, roten Lippen.

Wir hatten nur wenige Meter zu gehen. Dann führte es rechts ein paar Stufen herab, zu einer winzigen Piazza. Wir standen vor einem Haus mit einer richtigen Holztür. Ohne den Sack abzusetzen, fummelte er in der Tasche seiner verschossenen Hose und holte einen gewaltigen Schlüssel hervor. Über eine weiße Innentreppe stiegen wir in das Zimmer hinauf.

Wie in Türmen und Burgen des Mittelalters führt die Treppe ohne Zwischenpforte mitten in den Raum. Der Fußboden ist mit blaß-rosa Kacheln belegt, die Wände weißgekalkt. Damals war die Kammer, denn mehr ist es nicht, fast leer. Es stand ein großes gußeisernes Bett darin, mit den Schnörkeln, Ringen, Blumen über dem Kopfende, wie man es am Anfang unseres Jahrhunderts liebte. Die Blumen waren verrostet.

In einer Mauernische hing ein zerbrochener Rasierspiegel, darunter lagen Waschutensilien. Hinter dem Spiegel steckte ein knallbuntes Heiligenbild und Blumen, diesmal aus Papier. An einem Nagel hing an der Wand etwas, das mit Tüchern verhüllt war. An den Hosenbeinen, die unten hervorsahen, erriet ich den Sonntagsanzug. In die Ecke gefeuert lagen Arbeitshosen und schmutzige Trikots auf einem Haufen;

sorgfältig dagegen auf einem ausgebreiteten „Giornale di Napoli“ die Gummimaske mit Schnorchel, die an den Küsten hier zum ersehntesten Besitz gehört. Tjerk sagte mir, ihr Siegeslauf gehe von den ägäischen Inseln bis Gibraltar. Von Tjerk werde ich später sprechen.

Mit der Vorrichtung taucht man zwischen den Riffen nach Langusten und Krebsen. Die dazugehörige Harpune, eine Art Unterwassergewehr, ein mechanischer Dreizack Neptuns, lehnte gegen die Wand. Die Schwimmflossen aus blauem Gummi gaben einen schönen Farbklang mit den rosa Fliesen, hingeschmissen auch sie, neben der Zeitung. Ein junger Mensch ist nicht ordentlich. Denn das Leben bedrängt ihn zu sehr.

Wie könnte er eine ganze Welt ordnen, die über ihn hereinbricht?

Ich war vornehmens, mich jeden Kommentars zu enthalten. Wenigstens an dieser Stelle will ich es versuchen.

Der Schwarzkopf stand vor mir. Erst jetzt bemerkte ich, daß er für einen Italiener ziemlich groß war: wir sahen uns in die Augen.

„Dies Zimmer habe ich mir genommen“, sagte er. „Ich wohne nicht bei meinem Vater. Mama ist tot. Wir waren im selben Keller in Fondi, Mama, Cornelia und ich, als die Amerikaner landeten. Eine Granate ist da hereingefahren. Ich habe nur einen Splitter abbekommen.“

Er wies auf eine Narbe am linken Oberarm.

„Damals war ich elf Jahre“, sagte er.

Er machte eine Geste, die den ganzen Raum umfaßte.

„Sauber ist es. Und es gibt wirklich nichts anderes hier. Es macht nur dreitausend Lire im Monat, das ist für jeden fünfzehnhundert. Zufrieden?"

„Wo bekommst du noch ein Bett her?" frug ich.

„Wieso?" sagte er. „Das da ist doch breit genug."

Ich werde ihn wohl entgeistert angesehen haben, denn er lachte. Und dann hörte ich zum ersten Male jenes Wort, das seither für mich einen besonderen Klang hat.

„Stüpid!" sagte er im Dialekt. Er machte einen Schritt zu mir hin und küßte mich. Leicht wie ein Hauch, spröde auch oder flüchtig. Aber mitten auf den Mund.

Ich starrte ihn an. „Wie heißt du?" frug er.

„Adriaan", sagte ich; meinen Nachnamen hätte er doch nicht verstanden.

„Adriáno", wiederholte er. „Hübsch. Ich heiße Antonio."

Die Gedanken jagten sich in meinem Kopf. Einen, vielmehr die Summe blitzschneller Gedankenketten, sagte ich:

„Für wie alt hältst du mich eigentlich?" sagte ich.

„Achtundzwanzig", sagte er.

„Du scherzest", sagte ich. „Ich werde vierzig."

„Ist ja egal", sagte er. Wieder lachte er und trat auf mich zu.

Ich wich aus, drehte mich um und ging zum Fensterrahmen. Das Gelb des Strandes, das Blau von Meer und Himmel, das Grün und Grau der Berge. Ich unterschied nichts. Ich sah nur Farbenflecken. Die tanzten vor meinen Augen.

Auf der Schulter spürte ich Antonios Hand.

„Wie lange bleibst du hier?" flüsterte er.

„Das weiß ich nun nicht mehr", sagte ich in den Farbenwirbel hinaus. Dann wandte ich mich um, nicht in Wut, bei Gott nein, aber in einem jähen Furor wie vorhin in der Trattoria.

„Weißt du eigentlich, was du tust?“ fuhr ich ihn an. Ich hatte ihn spielerisch „Bello“ genannt, jetzt sah ich, daß er schön war. Sein bronzenes Gesicht blieb unbeweglich.

„Sempre!“ antwortete er. „Immer!“

Er drehte sich um und fing an, meinen Schiffsack auszupacken. Ich war eine Stunde in Sperlonga. Aber vierzig Jahre lösten sich in Rauch auf.

Antonio ist jetzt mit seinem Vater völlig zerfallen. Schuld daran trage ich. Wir waren am gleichen Mittag schwimmen gegangen, Antonio hatte dann bei den Booten zu tun, und ich stieg allein wieder hinauf. In der Gasse begegnete ich Trani. Er grüßte, mit einem Anflug von Freundlichkeit, und frug, als ob nichts vorgefallen sei, ob ich abends essen käme. Das hatte ich ja versprochen, und so sagte ich ja.

Gegen sieben ging ich hin, Antonio war noch nicht nach Hause gekommen. Trani saß auf seinem Platz bei den Stufen. Geredet wurde nichts.

Ich mußte endlos warten, obwohl ich der einzige Gast war. Schließlich brachte Cornelia die Spaghetti. Sie waren halbgar und der sugo, der Brei aus Tomatenmark, der dazu gehört und so würzig angemacht werden kann, war kläglich. Der geröstete Fisch dann bestand aus vier winzigen Stücken, lieblos zubereitet auch er. Zornig verzehrte ich das und verlangte die Rechnung. Wein hatte ich abgelehnt.

Trani machte das wahrhaftig schriftlich. Auf einem schmierigen Stück Papier las ich „725 Lire". Ich traute meinen Augen nicht. Nun war es genug.

Aufstehend warf ich die Scheine auf den Tisch.

„Das war das erste und das letzte Mal", sagte ich hart. Meinen würdigen Abgang verdarb ich mir, denn ich verhedderte mich in den Perlenschnüren und riß eine ab. Ob er mir dafür eine Rechnung schicken wird?

überlegte ich böse.

Als ich vor der Tür stand und den riesigen Schlüssel hervorholte, den ich jetzt hatte, war aller Zorn verflogen. Unser Haus, dachte ich bewegt. Unser Haus. Droben setzte ich mich auf das Jugendstilbett und wartete. Antonio kam wenig später.

„Das war dumm", sagte er, „du hättest nicht noch einmal hingehen sollen. Das Essen macht uns die Giulia, von der ich das Zimmer gemietet habe. Vorhin dachte ich nicht daran. Komm, wir müssen ihr Bescheid sagen."

Die Witwe Giulia wohnt in einer Nebengasse in einem großen Raum, der noch dunkler ist als die Trattoria, er hat überhaupt kein Fenster. Wenn man durch den rasselnden Vorhang eintritt, dämmert einem ein Ladentisch entgegen, mit einer kupfernen Waage darauf. Man sieht aber nichts, was hier verkauft würde, außer ein paar Säcken in der Ecke, in denen Mais ist, wie ich einmal feststellte.

Hinter dem Ladentisch ist ein Draht in halber Höhe von Wand zu Wand gezogen. Tücher unbestimmter Farbe hängen da herab und teilen den Raum. Dahinter haust die Witwe Giulia. Es gibt da ein Regal, vollgestopft mit Tüten, und ein gußeisernes Bett, von dem ungute Gerüche kommen.

Antonio war sogleich durch die Tücherwand geschlüpft; auf dem Bett bewegte sich ein Schatten in den Schatten, Licht wurde geschlagen. Mit einer Kerze in der Hand saß Giulia, la Giulia, die Giulia, wie man italienisch sagt, da.

Als sie mich sah, machte sie erschrocken „Ah" und zog ein schwarzes Tuch über der Brust zusammen. Sie blinzelte mich an. Ihr ganzes linkes Augenlid war mit riesigen rosa Warzen überwuchert. Ihr Gesicht

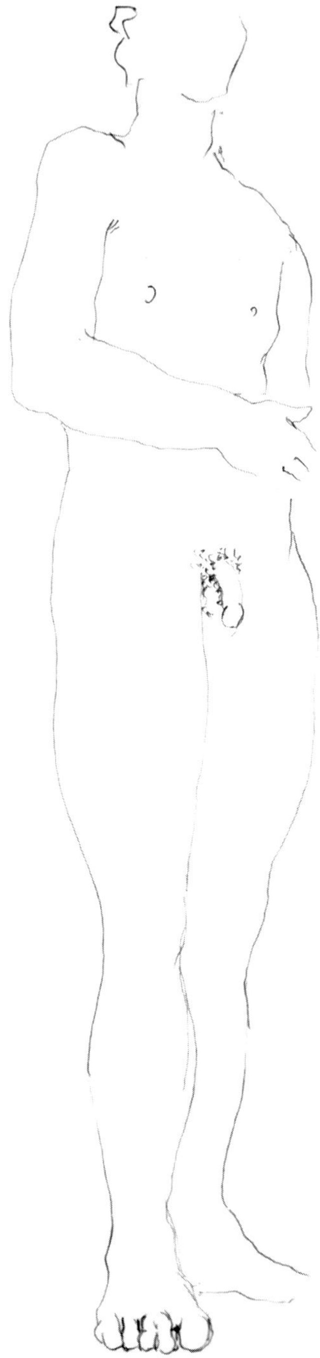

war gelb und vertrocknet. Wie alt war sie? Vierzig? Fünfzig? Man kann das Alter solcher Frauen nicht schätzen.

Antonio sagte bündig, daß Signor Adriano jetzt bei ihm wohne und daß sie fortan für zwei zu kochen habe, abends. „Die pastasciutta wie immer", sagte er, „und diese Fische geröstet."

Er legte ein paar goldene Fische auf das Holz des Regals, das halb und halb eine Anrichte war. Er zog sie aus einem kleinen Netz, das um sein Handgelenk hing. So verwirrt war ich an diesem Tag, daß ich gar nicht gesehen hatte, daß er sie mitgenommen, mitgebracht.

Zu mir sagte er: „Ich habe heute Glück gehabt. Das sind ..." Er nannte den Namen, aber den vergaß ich.

Die Giulia stand sogleich von ihrem armen Lager auf. Sie schlurfte zu dem Herd in der Ecke. Mit einem Blasebalg belebte sie die Holzkohlenglut in den zwei winzigen Kochlöchern. Sie schepperte mit Töpfen und füllte das Wasser ein, aus einem schön geformten, ockerfarbenen Krug. Einem etruskischen. Oder latinischen. Wieder stand die Zeit still.

Wir gingen. Zuhause sprachen wir kein Wort. Antonio lag auf dem Bett und hatte die Augen mit den langen, dunklen Wimpern geschlossen. Ich stand am Fenster. Die Farben drehten sich nicht mehr wie ein Traumrad. Sie waren südlich-genau. Gegen neun schlurfte Giulia die Treppe empor.

Einen Korb trug sie, den ein fleckenloses, weißes Tuch bedeckte. Sie gab sich Mühe. Die irdene Schale mit den Spaghetti hob sie heraus, die Teller und das geröstete Goldene. Auf den schmalen Tisch beim Fenster setzte sie alles nieder. Antonio holte einen

Fiasco unter dem Bett hervor. Unaufhörlich schenkte er mir ein. Ich aß und trank. Tief über seinen Teller gebeugt, vertilgte Antonio Berge der Teigware. Sie schmeckte allerdings anders als in der merkwürdigen Trattoria seines Vaters.

Ehe ich mit der Gabel den Fisch teilte, stieß ich Antonio an: „Der erste Fisch, von dir gefangen", sagte ich mit Nachdruck.

„Jeden Tag kann ich das nicht bringen", erwiderte er, noch kauend, „das hängt vom Wetter ab." Feierliche Ansprachen nimmt er nicht zur Kenntnis, ich merkte es damals. Er ließ es sich schmecken, wo es in mir drunter und drüber ging. In mir wogten die Nebel, die langen Sehnsüchte der Winternächte, des Nordens Tiefsinn. Für ihn war alles ganz leicht.

Als ich aufstand, schwankte ich: ich war trunken. Antonio griff mich am Ellbogen, und dann gab er mir einen Stoß, daß ich auf das Bett fiel. Ein paar Atemzüge lang stand er vor mir. Er sah mich an. Seine Lider waren fast geschlossen, aber er sah mich an. Dann warf er sich über mich. In einer Pause sah ich, wie das Blau im Fensterviereck purpurn wurde.

So leben wir miteinander. Von Liebe darf ich nicht sprechen – er lacht einfach oder nimmt sich wortlos irgendeine Arbeit vor. Es ist mir sehr schwergefallen, mich daran zu gewöhnen. Alle Stadien habe ich durchlaufen: Erstaunen, Enttäuschung, Empörung, Nachdenklichkeit. Ich glaube jetzt, einiges begriffen zu haben. Ich glaube – weit mehr, als was ich mir für diese Reise vorgenommen – ich glaube, das Wesen des südlichen Menschen erfaßt zu haben.

Denen hier ist Luft und Wasser, Feige und Orange von der Schöpfung Gunst unmittelbar gegeben. Es ist auch nicht unwichtig, daß man hier sozusagen unbekleidet lebt – die Fischer tragen fast das ganze Jahr nichts anderes als eine Drillichhose. Jenseits der Alpen ist alles verhüllt: der Himmel, die Leiber, die Beweggründe.

Wenn anders die Liebe die entscheidende Triebkraft des Menschen ist, so sind wir Nördlichen schlimm dran. Sie ist ja doch in dem, was sie wahrhaft will, tabu. Bei uns. So hat jeder junge Mann Erlebnisse trüber Art, hastig, in fatalen Zimmern, – ich mag es gar nicht aufschreiben. Dann kommt jenes Mädchen, das man für die Einzige auf Erden hält, und derselbe törichte Ritus vollzieht sich, den alle anderen vollziehen, den man kennt, den man nachahmt. Im Kino sitzt man und ißt Schokolade, verstohlen hält man sich an der Hand; man macht lange Spaziergänge in leichtem Regen und redet wudervolle Dinge. Und das Mädchen antwortet. Jede Silbe erscheint Engelsmusik.

Wenn dann alles gerichtet ist, Brief und Siegel erteilt – ja, dann redet man keine wundervollen Dinge mehr, man hört auch keine Engelsmusik mehr; über dem Ausgabenbuch sitzt man, und man erörtert, ganz sachlich, ob man sich ein zweites Kind leisten kann. Das, was nach der Leidenschaft kommt, die Kameradschaft, die muß dann beginnen, muß gefunden werden, wenn die Ehe nicht eine Hölle werden soll. Die Poesie vorher war nichts als ein Umweg. Man will auf ein ganz Eindeutiges, Notwendiges hin: den Knalleffekt der Natur. Da der deutsche Philosoph Schopenhauer das so nennt, glaube ich, gestützt auf solche Autorität, keinen Zynismus festzustellen.

Der Italiener hat keinen Umweg nötig. Wenn er sagt: „Ich liebe dich", so heißt das: „Legen wir uns hin." Darum denn hüten sie ihre Mädchen und Frauen. In den Orten dieser Provinz, in Sperlonga auch, sperren sie sie darum ein. Es gibt eine Menge hübscher Mädchen hier, nur sieht man sie beinahe nie. Nur wenn Markt ist auf der Piazza; beim Einkauf in Fondi; in der Kirche – und dort verhüllt –; nie am Strand. Ein Mädchen, das dies täte, gäbe zu erkennen, daß es mit dem ersten Burschen hinter dem nächsten Fels zu verschwinden wünscht. Sie wäre als Dirne abgestempelt. In Sperlonga haben wir eine offizielle Dirne. Antonio hat sie mir gezeigt. Sie sitzt manchmal in der Bar, obwohl sie dort nicht recht gelitten ist. Mit viel Wasserstoff hat sie ihr sicher pechschwarzes Haar blond gemacht. Das sieht sehr komisch aus.

Antonio hat ein paarmal mit ihr geschlafen, findet sie aber langweilig. In Formia gäbe es bessere, meint er, in der Casa Publica, dem Bordell. Er will durchaus, daß wir nächstens zusammen dorthin gehen.

Formia ist ein mondäner Badeort, auf halbem Wege nach Neapel. Das Vorhaben bezeichnet recht eigentlich die Unschuld unseres Verhältnisses, wenn ich dies Wort noch gebrauchen darf.

In keiner Weise habe ich ja bisher die Tatsache berührt, daß zwei Männer beieinander sind. Und daß zwanzig Jahre zwischen ihnen liegen. Eine unendliche Kette die Gedanken, die sich anfangs in meinem Haupte jagten. Zumal ich mir derartiges nie erträumte. Heute verspüre ich nicht die geringste Lust, nordische Nebelschwere auf das schöne weiße Papier zu setzen. Das würde ein endloses Beginnen ...

Ich will nur sagen, daß es vollkommen unmöglich ist, Antonio zu fragen: „Wieso? Warum? Was dachtest du in der Trattoria? Wieso kannst du mich ...?“

Er spricht nichts. Er hat jeden Versuch leidenschaftlicher Bekenntnisse sofort abgeschnitten. Dabei kann niemand zarter sein als er. Er verachtet die wundervollen Worte – er hat täglich wundervolle Gesten. Er kommt mit einer riesigen Languste an, zeigt sie mir, sagt, die koche er jetzt selbst, da die Giulia davon nichts verstünde, und bringt sie dann an mit dem Wiegen in den Hüften, das er hat, wenn er eitel ist.

„Die ist gar“, sagt er dann wohl, und seine Lider werden schmal. In solchen Augenblicken beginnt sich die Welt zu drehen, für mich. Das kennt er bereits an mir, er merkt es und lacht.

„Trinke“, sagt er da und schenkt mir ein.

Dann sehe ich ihn an und denke schon an die Umarmung. Nie habe ich Corrie so umarmt wie ihn.

Ich gestand es ihm, und er hat gelacht. Seine Leidenschaft ist unerhört. Er schläft an meiner Schulter ein, seine wilden Haare sind an meinem Hals, an meinem

Kinn, an meinen Wangen. Sie duften wild, und ich bleibe ohne Schlaf. Oh, diese Nächte ...

Es gibt auch Wolken. Im Hause Trani rast die Familienfehde. Der Alte verzeiht Antonio die Verhinderung der Ausplünderung nicht. Ich sollte das Dukatenmännchen sein. Mit dem Zimmer fing es an. Ich weiß jetzt, daß Trani nur weggegangen war, um mit einer Tante zu reden; dort wollte er sich mit Cornelia einquartieren und mir seine Behausung, ein Zimmer mit Küche, ohne Aussicht auf das Meer, überlassen. Für die berühmten dreißigtausend Lire.

Das wurde durchkreuzt. Dann fiel das Essen weg, das doch täglich über tausend Lire eingebracht hätte. Der große Krach ist aber durch eine wirkliche Infamie entstanden. Dies einzige Mal habe ich Antonio verlegen gesehen, nach Worten suchend, als er mir das berichtete. Der Alte wollte, nachdem seine Schlingen versagten, daß Antonio mich anzapfe. Er muß sich sehr roh ausgedrückt haben und unser Zusammensein mit üblen Ausdrücken belegt haben. Ich kann mir vorstellen, wie ihn Antonio gemustert und mit zwei drei Sätzen abgefertigt hat. Darauf folgte die Erpressung.

Antonio ist nämlich als einziger Sohn und unentbehrliche Hilfe in der Schenke vom Militärdienst freigestellt. Der Alte drohte, einen Brief zu schreiben und die Rücksicht für unnötig zu erklären. Freilich genügte die Erinnerung daran, daß die Trattoria, wo ohnedies niemand hingeht, nur eine Nebensache ist und der Alte von Schmuggel und anderen dunklen Geschäften lebt, um dies Vorhaben zu verhindern. Die Partie steht auf remis. Seither grüßen sich auch die beiden nicht mehr. Mit Cornelia trifft sich Antonio heimlich. Sie hat ein Hundeleben. Der Alte hätte sie geschlagen, wenn sie mir eine gehörige Mahlzeit vorgesetzt hätte. Seine Geldgier ist krankhaft.

„Man muß Cornelia so rasch wie möglich verheiraten“, stellte Antonio am Schluß des Gespräches fest.

Es war während des Abendessens. In der Nacht mußte Antonio hinaus aufs Meer. Bevor er ging, schog er mir plötzlich einen Tausend-Lire-Schein zu.

„Ich habe nicht mehr. Aber nimm das.“

„Bitte“, fügte er mit einer Stimme hinzu, die ich noch gar nicht an ihm kannte. Er war feuerrot geworden. Ich begreife ihn nicht immer. Diesmal begriff ich ihn sofort. Er mußte seinen Stolz wiederherstellen. Er tat es durch eine seiner Gesten. Der Schein ruht im Innersten meiner Brieftasche. Ich bin ja ein Nördling mit tiefen und erhabenen Gefühlen ...

Antonio geht jeden Sonntag zur Messe. Und ab und zu zur Beichte. Einmal gab es eine Stimmung, daß ich den Mut fand, ihn zu fragen, ob er *alles* beichte.

„Natürlich“, erwiderte er gleichmütig.

„Und was sagt er?“ wollte ich wissen.

„Nichts Besonderes“, erwiderte Antonio. „Was soll er schon sagen? Das machen doch alle. Cosi fan tutte.“

Bei der Gelegenheit frug er mich, ob ich Katholik sei.

„Nein“, sagte ich übermütig. „Denke dir, wir haben achtzig Jahre lang Krieg gegen die Katholiken geführt.“

„Dann wird es Zeit für den Friedensschluß“, meinte er und fuhr mir über das Kinn.

Er hat es gut: der Absolution ist er sicher. Ich muß mich mit meinem Gewissen herumschlagen. Nur fürchte ich, daß es mir hier verlorengeht.

Vieles geht mir hier verloren. Aber was gewinne ich dafür? Schon einmal hat mein Lebensweg eine plötz-

liche Wendung genommen. Ich hatte schlecht und recht das Gymnasium absolviert und wollte studieren. Kunstgeschichte. Da starb Papa, und es war kein Geld mehr da. So bin ich Angestellter geworden. Ich habe mich emporgearbeitet, ich habe eine Frau genommen, einen Hausstand gegründet, eine Tochter erweckt. Ich weiß, wieviel ich in zehn Jahren verdienen werde und wann ich meine Pension bekomme. Existenzangst brauchte ich nicht zu haben. Dennoch ist auf einmal alles in Frage gestellt. Ich sage nicht, daß mein Leben falsch war. Die Welt beruht darauf, daß Millionen so ihre Funktion erfüllen, wie ich es tat. Aber nun kann ich es nicht mehr. Ich habe vom unmittelbaren Dasein gekostet. Alle Texte, die ich als Knabe mühsam übersetzte, erwachen aus dem Schlaf der Tiefe, rumoren in mir, vielmehr: sind Fleisch und Blut geworden. Wie sollte ich betroffen sein, wenn ich demjenigen begegne, was uns auf der Schule als fernes hohes Ideal gelehrt wurde? Wenn ich sehe, daß die Antike nicht tot ist, daß sie kaum verwandelt an diesen Küsten fortwebt.

Gleichwohl bin ich verwirrt und ratlos. Diese Seiten, von denen ich nicht weiß, warum ich sie schreibe, werde ich Tjerk zeigen. Er weiß gewißlich Rat.

Vor einer Woche tauchte er hier auf. Wir badeten bei der Grotte am Ende des weitgeschwungenen Strandes, beim nächsten Kap. Sie ist ein weitoffenes Halbrund, wie jene Pavillons, in denen die Promenadenorchester musizieren. Tiberius soll dort Feste gefeiert haben. Wir lagen dort, gleich am Anfang, eine ganze Nacht, da wir uns nicht voneinander lösen konnten. Morgens warfen wir uns in die Wellen. Antonio rief mir zu: „Tauche mal“, und unter Wasser glitt er heran und küßte mich. Nie werde ich vergessen, wie sein Haupt mit den triefenden Locken aus den Wassern stieg. Seither baden wir, ohne ein Wort, stets dort.

An jenem anderen Morgen kam von Süden eine Yacht, kreuzte, drehte bei, warf Anker, ein Boot stieß ab. Eine junge Frau sprang heraus und zwei Männer, ein dritter wurde von zwei Matrosen zum Strand getragen. Er schien nicht gehen zu können.

Die Schaluppe fuhr mehrmals hin und her, drei Zelte wurden am Strand aufgeschlagen, Decken, Körbe, Schiffsäcke niedergesetzt. Ein Matrose blieb zurück. Die Yacht holte den Anker ein und entschwand gen Süden. Sie liegt in Formia und kommt täglich herüber. Hier gibt es ja keinen richtigen Hafen.

Natürlich beobachteten wir neugierig diese ungewöhnliche Invasion. Da erkannte ich plötzlich Tjerk.

Er gehört nicht zu unserer Amsterdamer Abteilung. Er arbeitet für die Zentrale im Haag, für die er schwierige Berechnungen ausführt. Er gilt als eine Kanone und kann es sich leisten, aus der Ferne, aus dem Süden, seine Formeln zu senden. In Holland erscheint er nur selten. In Amsterdam noch seltener. Hochgewachsen, beinahe mager, geht er mit schnellen Schritten durch die Räume, immer in Grau, einen Trenchcoat über den linken Arm geworfen. Er bleibt mindestens eine Stunde beim Chef, dann fahren sie zum Essen. So sah ich ihn drei- oder viermal. Seine Augen sind wasserhell und hart. Erst hier sah ich, daß noch etwas anderes darin ist. Die Gesellschaft pflegt nämlich in der anderen Trattoria drunten bei den Hütten und Booten zu tafeln. Man ißt dort ordentlich, und der Wein ist unverfälscht. Auch wir bleiben da manchmal, zur Abwechslung, und so habe ich Tjerk kennengelernt.

Er kam zu uns herüber und sprach mich sofort als Holländer an, frug ohne Indiskretion nach dem Woher und Wohin. Es amüsierte ihn, daß wir beide zur „Koninklyke“ gehören; übrigens sagte er „Royal Dutch“. Er kann trotz seines friesischen Namens kein Holländer sein; ein ganz leichter Akzent verrät andere Herkunft.

Wir sprachen nur wenig am ersten Abend. Das nächste Mal holte er uns zu der Gesellschaft herüber. Man redete über Gott und die Welt. Und dies mit einem unerhörten Freimut. Da man sich des Italienischen bediente, sperrte Antonio Mund und Ohren auf. Der Radikalismus war nicht eigentlich politischer Art, obwohl einmal eine Bemerkung fiel, daß Tjerk in Spanien gegen Franco gekämpft habe. Er nannte es „auf Regierungsseite“. Der Maler griff ihn an. Der Gelähmte ist nämlich Maler, es heißt, er sei kriegsverletzt. Er trinkt ungeheuerlich. Gegen Mitternacht sieht er wie ein später Cäsar aus: massig, funkelnd und gebieterisch. Es fehlt nur der verrutschte Efeukranz. Hinter ihm steht der Matrose, der ihn nachher zurück zur Barke trägt; inzwischen füllt er das Glas nach.

Eines hat der Maler, was die Cäsaren kaum besaßen: einen seltsamen Charme. Über das rote, vom Wein gedunsene Gesicht kann ein Lächeln gehen, das unwiderstehlich ist. Er hat es fertiggebracht, die Mädchen aus den Galerien, sottopassaggi, Zeugehöhlen hervorzulocken: bei der Grotte sitzen sie auf den Steinen und lassen sich zeichnen. Sperlonga erlebt Erschütterungen.

Die unvermutete Gesellschaft ist zu viert. Der dritte ist ein junger deutscher oder österreichischer Fürst, vielmehr ein Prinz. Er wird mit „Sua altezza“

angeredet, und das schlug natürlich wie eine Bombe ein. Auch Antonio ist hingerissen. Zwar geht er gelegentlich zu kommunistischen Versammlungen, wie alle Fischer und Bauern, aber das ist unabhängig, auf eine der unerklärlichen Weisen losgelöst von der uralten Hierarchie, die hier noch gilt. König, Fürst, Priester ... es sind undiskutierbare Prädikate, wie auch immer die Person sein mag. Unser Priester ist schmutzig, fett und versoffen. Antonio verspottet ihn, ja, verachtet ihn. Dennoch geht er bei ihm zur Beichte.

Der Principe ist salopp gekleidet, verschlampt gar, so wie ich jetzt herumlaufe. Aber er strahlt, so unbekümmert er sich gibt, Adel aus. Ein adliger Bub ist er. Seine Frau dagegen bringt die große ferne Welt des erlesenen Luxus, der unendlichen Ahnenreihen in die Fischerschenke. Wie die Hosen zu den schmalen Hüften hin geschnitten sind. Die Farbe des Trikots. Der marokkanische Schmuck, der an ihren Handgelenken klirrt ... Auch sie ist tiefbraun von langer Mittelmeerfahrt. Die Ponys geben nur einen schmalen Streifen der Stirn frei, dann kommen die nachgezogenen Augenbrauen und darunter der Medusenblick. Sie ist eine Schlange. Ich meine die Schlange des Paradieses. Mit Unruhe sehe ich, wie Antonios Blick heimlich zu ihr hingleitet.

Ich kann nicht fortfahren, diese Runde zu beschreiben, nicht die Gespräche aufzeichnen, nicht zu zeigen versuchen, wo hinter dem Mißverständlichen – dem, was die Zeitungen die „große Welt“ nennen – Nachdenkliches und Werthaftes steht. Neben dem natürlich, was gegen ein Dasein ohne Pflichtenkreis einzuwenden ist. Vielleicht tue ich das einmal später. Auf diese Seite gehört es nicht. Es wäre auch geschmacklos, da Tjerk dies zu lesen bekommt.

Ich habe mich wegen einer Bemerkung dazu entschlossen, ihm diese Seiten zu zeigen. Gestern traf er uns am Strande. Er kam aus dem Meer, schlenderte an uns vorbei und sagte in seiner Art, beinahe ohne stehen zu bleiben, auf Holländisch zu mir: „Passen Sie auf, ten Holt. Schon die Goten und Vandalen verloren sich an diesen Küsten.“ Vielleicht weiß er Rat.

Er hat, das merkte ich am Schanktisch, anderes im Kopf als nur Chemie und Mathematik. Er ist einer von denen, die Bekenntnisse hervorlocken, kaum daß man sie kennt.

Der Heilige ist längst verbrannt, die Flamme der Kerze flattert bereits um die roten Ringe: die Morgenbrise streicht durchs offene Fenster. Über der Grotte des Tiberius beginnt es zu dämmern. Ein neuer Tag beginnt. Ein Tag mit Antonio. Auf diesen Seiten, ich weiß, steht nichts vom Eigentlichen. Ein Amsterdamer Bürger hat eine Bilanz aufgemacht. Sie ist falsch wie alle Bilanzen. Ich will gar keinen Rat. Schicksale kommen nicht von ungefähr. Ich will geschehen lassen, was geschehen soll. Des Daseins Becher will ich leeren, so wie ich diesen Fiasco ganz geleert habe, ohne es zu merken. Nun habe ich nichts mehr für Antonio. Er trinkt immer noch einen Schluck, wenn er vom Meer heimkommt.

Mein Gott, ich höre seine Zoccoli auf dem Pflaster draußen! Gleich stößt er die Tür auf. Wie soll ich mein Leben fortsetzen? Ich kann nicht umkehren.

4 Düsseldorf 1, Fortunastraße 11
ISBN 3 87365 055 X

Die ersten Exemplare dieser Ausgabe sind von
1 bis 100 numeriert und von Heinz Balthes signiert.

8 €

R